AF346338

29 mai 1911

VENTE

Du Lundi 29 Mai 1911

HOTEL DROUOT, SALLE N° 1

A DEUX HEURES

MEUBLES ANCIENS

TAPISSERIES

Vases en Terre cuite du XVIIIe Siècle

COMMISSAIRE-PRISEUR

Me GASTON FRANÇOIS

23, rue Le Peletier

EXPERT

M. E. BERTIER

149, avenue du Maine

CATALOGUE

DE

MEUBLES ANCIENS

TAPISSERIES

VASES EN TERRE CUITE DU XVIIIᵉ SIÈCLE

TABLEAUX ANCIENS

OBJETS DE VITRINE

FAIENCES — PORCELAINES

DONT LA VENTE AURA LIEU A PARIS

HOTEL DROUOT, SALLE Nº 1

LE LUNDI 29 MAI 1911

à 2 heures précises

COMMISSAIRE-PRISEUR	EXPERT
Mᵉ GASTON FRANÇOIS	**M. E. BERTIER**
23, rue Le Peletier	149, avenue du Maine

EXPOSITION PUBLIQUE

Le Dimanche 28 Mai 1911, de 2 heures à 6 heures

CONDITIONS DE LA VENTE

Elle sera faite au comptant.

Les adjudicataires paieront *dix pour cent* en sus des enchères.

L'exposition mettant le public à même de se rendre compte de l'état et de la nature des objets, aucune réclamation ne sera admise une fois l'adjudication prononcée.

Paris — Imp. de l'Art, Ch. Berger, 41, rue de la Victoire

DÉSIGNATION

OBJETS DE VITRINE

FAIENCES, PORCELAINES

1 — Deux assiettes en ancienne faïence de Montpellier, décor aux poisson, grenouille et escargot.

2 — Deux assiettes en faïence de Marseille, ornées de fleurs. Monogramme *V. P.*

3 — Assiette en ancienne porcelaine de Chine, à fond rouge haricot et à réserves ornées de coqs dans des fleurs et feuillages. Marli orné de fleurs et de quatre réserves à paysages et marines.

4 — Trois plats en ancienne faïence de Delft, à décors bleus. (Seront divisés.)

5 — Plat en porcelaine d'Allemagne, à décor de fleurs; bordure à filet doré.

6 — Deux assiettes en faïence de Marseille, décor au Chinois.

7 — Soupière et son présentoir en ancienne faïence italienne.

8 — Légumier et son présentoir en ancienne faïence italienne.

9 — Trois plats longs en faïence de Marseille, décors au Chinois dans des branchages; marlis ornés d'oiseaux également dans des branchages. (Seront divisés.)

10 — Vierge en ancienne faïence d'Avignon, décorée en bleu.

11 — Soupière et son plateau en ancienne porcelaine d'Allemagne, à décor de fleurs; bordure à filets dorés.

12 — Pot et cuvette en ancienne porcelaine blanche pâte tendre de Sèvres, à filets dorés.

13 — Trois plats et dix assiettes en faïence italienne, décorés d'un écusson couronné; marli à bordure verte ornée de feuillages jaunes.

14 — Plat long en faïence de Rouen, décor dit à la pagode; marli à carrelage contenant quatre réserves ornées de crustacés.

15 — Service tête-à-tête en faïence de Niedervillers, décor en camaïeu rose de paysages, et bordures à filets dorés.

16 — Gargoulette en ancienne faïence italienne, décor bleu à fleurs, feuillages et inscriptions.

17 — Gargoulette en faïence italienne, à décor de feuillages et inscription. xvie siècle.

18 — Vase en faïence de Castelli, du xvie siècle. Décor à réserve dans laquelle est représenté saint Antoine entouré de nombreux ornements, casques, tambours, carquois, etc.

19 — Vase en faïence de Castelli, du xvie siècle. Décor représentant saint François et nombreuses réserves ornées de fleurs et feuillages.

20 — Paire de vases en ancienne porcelaine du Japon, à réserves de fleurs et feuillages, bleus, rouges et ors. Montures Louis XV en bronze doré.

21 — Bonbonnière, décorée au vernis Martin d'un sujet représentant les Plaisirs champêtres, garniture en argent.

22 — Miniature, représentant un personnage persan.

23 — Miniature : Portrait de femme époque Louis XV.

24 — Miniature : Portrait de jeune femme jouant du violoncelle.

25 — Miniature : Portrait de jeune femme dans un parc. École anglaise.

26 — Deux miniatures sur cuivre, représentant des personnages du XVIᵉ siècle.

27 — Éventail à monture en ivoire sculpté de personnages et ornements dorés, feuille en soie peinte à sujet champêtre et ornements divers. XVIIIᵉ siècle.

28 — Éventail en ivoire, décor au vernis Martin d'une scène à nombreux personnages jouant au Colin-Maillard.

29 — Buste d'homme en terre cuite peinte. Époque Louis XV.

30 — Bas-relief en terre cuite, représentant des enfants bacchants jouant dans la campagne. Signé : *Lucas, 1788*. Cadre en bois sculpté et doré.

31 — Bas-relief en marbre tendre, représentant la Vierge et l'Enfant. Fin du XVIᵉ siècle.

TABLEAUX

ÉCOLE FLAMANDE

32 — *Portrait d'un personnage vénitien.*
Daté de : *1627.*

ÉCOLE FLAMANDE

33 — *La Vierge et l'Enfant.*

ÉCOLE FLAMANDE (xviie siècle)

34 — *Départ pour la chasse.*

ÉCOLE DE TENIERS

35 — *Intérieur de cabaret.*

ÉCOLE FLAMANDE

36 — *Portrait de Gentilhomme du XVIe siècle.*

ÉCOLE FLAMANDE

37 — *L'Amour attachant les sandales de Vénus.*

38 — *Canal maritime.*
Bordé de maisons et jardins; sur l'eau se trouvent des embarcations et, sur les bords du canal, divers personnages.
Signé et daté de : *1784.*

ÉCOLE HOLLANDAISE

39 — *Roses, tulipes, chysanthèmes, pensées et fleurs diverses, formant un bouquet.*

ÉCOLE FLAMANDE

40 — *Enée sauvant son père Anchise.*

ÉCOLE DE BOILLY

41 — *Une Artiste montrant un portrait qu'elle vient de dessiner.*

N° 13   N° 12   N° 14

VASES EN TERRE CUITE

42 — Six vases en terre cuite de forme Médicis,
ornés de lambrequins, rosaces, cannelures, feuill-
lages et tors de lauriers. xviiiᵉ siècle. Socles en
bois peint. (Pourront être divisés.)

Haut., 80 cent.; larg., 60 cent.

43 — Six vases en terre cuite de forme balustre,
ornés au col d'oves ; à l'épaulement, d'un tors
de lauriers et de feuillages au culot. Anses en
spirales feuillagées. xviiiᵉ siècle. (Pourront être
divisés.)

Haut., 52 cent.; larg., 25 cent.

44 — Huit vases en terre cuite de forme balustre,
ornés de motifs divers et de guirlandes de roses
retenues sur la panse par des anneaux. xviiiᵉ
siècle. (Pourront être divisés.)

Haut., 53 cent.; larg., 30 cent.

MEUBLES

45 — Deux trumeaux à ornements en bois sculpté et doré appliqués sur bois peint en gris. XVIIIe siècle.

46 — Fauteuil de style Renaissance, couvert de cuir gauffré retenu par de larges clous en cuivre.

47 — Commode Louis XVI à deux tiroirs sans traverse en bois de rose, garnie d'entrées, chutes, tablier et sabots en bronze. Dessus en marbre Sainte-Anne.

48 — Coffre de mariage en bois sculpté du XVIe siècle, orné d'un écusson soutenu par des cariatides de personnages, et de rinceaux de feuillages contenant des oiseaux.

49 — Quatre fauteuils-gondoles en acajou, ornés de cols de cygnes, couverts de différentes façons. Époque Empire.

50 — Commode Louis XIV à quatre tiroirs en bois de rose et marqueterie, ornée d'entrées, chutes et sabots en bronze doré. Dessus de marbre rouge.

51 — Deux chaises dites montgolfières en acajou sculpté. Signées de *L. Moreau*.

52 — Commode Louis XV, galbée et plaquée de bois
de rose et satiné. Garniture d'entrées, sabots,
chutes et tablier en bronze. Dessus de marbre
rouge. Signée de *Georges Jansen*.

53 — Table de nuit en acajou et à rideau. Dessus de
marbre blanc veiné et orné d'une ceinture en
cuivre ajourée et dorée. Époque Louis XVI.

54 — Secrétaire Louis XV en bois de rose, garni
d'entrées en bronze. Dessus en marbre rouge du
Languedoc.

55 — Secrétaire Louis XV en bois de rose et vio-
lette, abattant dans le haut et portes dans le bas.
Entrées de serrures, sabots et tablier en bronze.
Signé de *F.-A. Mondon*.

56 — Table de nuit en acajou massif, à rideaux et
tablette d'entrejambe. Dessus en marbre Sainte-
Anne, à galerie de cuivre ajourée. Époque
Louis XV.

57 — Commode Louis XIV à quatre tiroirs en bois
de rose et violette, ornée d'entrées, chutes et
sabots en bronze ciselé et doré. Dessus de
marbre. Signée de *Coulon*.

TAPISSERIES

ET BRODERIES

58 — Tapisserie-verdure du xviiie siècle, reprécen-
tant un parc avec château.

> Haut., 2 m. 90 cent.; larg., 4 m. 15 cent.

59 — Suite de six tentures en ancienne tapisserie
d'Aubusson, relatives à l'histoire de César. Bordures à feuillages, fleurs et fruits. xviiie siècle.

1° *Cléopâtre, reine d'Égypte, se présente de-
vant César.*

> Haut., 2 m. 75 cent.; larg., 3 m. 40 cent.

2° *César pose une couronne sur la tête de
Cléopâtre.*

> Haut., 2 m. 75 cent.; larg., 2 m. 55 cent.

3° *La Reine dans le palais de César.*

> Haut., 2 m. 70 cent.; larg., 1 m. 60 cent.

4° *César.*

> Haut., 2 m. 70 cent.; larg., 1 m. 60 cent.

5° *Cléopâtre.*

> Haut., 2 m. 70 cent.; larg., 1 m. 60 cent.

6° *Triomphe de César.*

> Haut., 2 m. 75 cent.; larg., 3 mètres.

Ces tapisseries seront vendues séparément et
la réunion pourra être ensuite demandée.

60 — Tapisserie, époque Henri IV, à sujet de chasse.

Haut., 2 m. 70 cent.; larg., 3 mètres.

61 — Ancienne tapisserie d'Aubusson, représentant le triomphe d'un empereur romain. L'empereur, sur son char, est entouré de cavaliers et de serviteurs portant des présents.

Haut., 2 m. 70 cent.; larg., 3 m. 15 cent.

62 — Panneau-verdure en tapisserie d Aubusson, du xviiie siècle : Parc avec maison et montagnes.

Haut., 2 m. 65 cent.; larg., 1 m. 55 cent.

63 — Portière-verdure en tapisserie d'Aubusson. xviiie siècle.

Haut., 2 m. 20 cent.; larg., 1 m. 20 cent.

64 — Tapisserie, époque Renaissance : un prisonnier enchaîné est entraîné vers la prison par trois soldats romains. Bordure à feuillages, fleurs et fruits.

Haut. 3 m. 20 cent.; larg., 2 m. 95 cent.

65 — Panneau en tapisserie d'Aubusson, du xviiie siècle : Parc orné d'arbres, avec château dans le fond; au premier plan, oiseau sur un tronc d'arbre. Bordure à fleurs, feuillages et oiseaux.

Haut., 2 m. 30 cent.; larg. 1 m. 80 cent.

66 — Tapisserie, représentant un sujet ayant trait
à l'histoire de Diane : Scène à grands et petits
personnages. Bordure ornée de rinceaux, fruits,
oiseaux et feuillages. Flandres, xviie siècle.

Haut., 3 m. 25 cent.; larg., 4 mètres.

67 —Tapisserie, époque de la Renaissance : dans la
campagne, de nombreux personnages font une
ronde et plus loin un berger garde ses mou-
tons.

Haut., 2 m. 30 cent.; larg., 2 m. 90 cent.

68 — Tapisserie d'Aubusson, du commencement
du xviiie siècle : Trois petits personnages cau-
sent dans un parc, tandis que deux chiens pour-
suivent un chevreuil. Bordure à fleurs, feuillages
et corbeilles de fruits.

Haut., 2 m. 75 cent.; larg. 2 m. 95 cent.

69 — Tapisserie-verdure, époque de Henri IV :
Scène de chasse à nombreux personnages et
animaux féroces. Bordures à fleurs, feuillages,
fruits et carquois.

Haut., 2 m. 20 cent.; larg., 3 m. 30 cent.

70 — Portière en ancienne tapisserie d'Aubusson,
représentant un général romain.

Haut., 2 m. 70 cent.; larg., 85 cent

71 — Tapisserie de la Renaissance, représentant un empereur auquel est présenté une supplique.

Haut., 2 m. 90 cent.; larg., 2 m. 60 cent.

72 — Tapisserie-verdure en tapisserie d'Aubusson, du XVIIIe siècle, représentant un parc avec cours d'eau, constructions, fleurs et volatiles.

Haut., 2 m. 35 cent.; larg., 2 mètres.

73 — Trois bandeaux tapisserie. (Seront divisés.)

74 — Lot de morceaux de bordures de tapisserie d'Aubusson : 11 m. 50 cent. environ.

75 — Paravent, orné d'applications et brodé de différents motifs sur étoffe lamée or.

76 — Cinq panneaux, brodés de rinceaux de fleurs et feuillages en soies de différentes couleurs sur satin bleu ciel. XVIIIe siècle.